詩集

和田浦の夏

庄司祐子
Shoji Yuko

石風社

◉装幀・写真　毛利一枝

和田浦の夏◉目次

和田浦の夏

I

シオカゼ

すべてをシオで痛めつける風を
憎んでいたのだ　あの夏
それでじっくりシオに漬けたコトバを
時々落とした

だれかれとなく無差別に
ヒトのうえに落とした
塩辛さにブルッとふるえながら
ヒトはナミダをこぼして薄めることにした

あるいは怒りを風に
この潮風に乗せて
とばしてしまうことにした
男はシオで傷んでいて
コトバが錆びついてきているのだ

思い出なんてだいたい良くっても悪くても
塩辛いものだ

すべてをシオで痛めつける風に向かって
毎日洗濯物を干した
なめるといつもすこししょっぱかった
洗いたての半ズボンとTシャツで

夏休みの半分を過ごした

ゆたかだった砂浜はざっくりとえぐりとられていて
海水は冷たくて
風が強かった
岩で足を打ったり切ったりした

海水はいつでもびっくりするほど塩辛くって
魚たちは相変わらず
幸福そうに見えた

パラム　（早春の風）

時と場所などお構いなしに
パカッと、じつにパカッと
空と海がやってくる
おっ、きたきたきた
青い空と青い海だ

早春のひとけのない砂浜に坐り
海を眺めている
眩しさに目を細めて見上げる空には

鳶が飛行する
海上にカモメの群がやってくる

考えたいことなんて、何もないんだ
考えたくないことは山ほどあるけど
とでも言っておこう
おとななんだから
格好（カッコ）つけなくちゃ

海辺に風の吹かない時はない
木も草も家々もそして人も
海からの風をその肌に刻んでいる
風が町をつくる
風が人をつくる

本当にそうなのではないかしら
和田浦の海にすっ飛んでいった心を
熊本の台所に引き戻しながら
きっとそうだ、と呟く
主人公は風なんだ

この世界の主人公は風だ
またまたスゴイ発見をしてしまった
なんてわたしは賢いのだろう！
台所で小躍りするわたしを
胡散臭そうな目をして子どもたちは見るが
ははん、キミたちはなんにも知らないのだよ

パカッと海への扉が開くことも
この顔の皺には海の風が刻まれていることも
わたしたちが風から生まれ出た
鳥の子孫たちなんだってことも

海辺に風の吹かない時はない
海からの風が沈丁花の香りをかっさらい
無人のブランコをひと揺らしして
わたしの頬にぶつかった
潮を含んだ海からの風

風が人をつくる
風が町をつくる
わたしたちは風から生まれた鳥の子孫

考えたいことなんて、ない
考えたくないことだって、本当は、ないんだ

熊本の台所から和田浦の海へ
風に吹かれて、わたしも風
あるいは誇大妄想に狂うただの法螺吹き
どちらでも構わない
無惨であるならば、それで、良い

和田浦の夏

浜に裸足で飛出し
磯を探検しカニを採った
ウツボがわたしの真下をくねくねと泳ぎ
黄と黒の縞の魚をタマで掬い上げ
潮が満ちれば波と遊んだ

三度の食事に洗濯
聞き分けの悪い掃除機を引きずりながら
わたしは考えていた

というのはウソで見事にさっぱり
なにも思わなかった

どうこうしたところで
他人の思わくなどわからないから
ズレていくのは
仕方ないことだ

海へ向かう一本道
港へ続く坂道
漁船の休止する見慣れた景色を見ながら
思わないことに疲れた額を
塩辛い風にさらした

ピョンと魚が跳躍し
すぐに落ちた
幾つも幾度も跳んで落ちた

Ⅱ

夏 ―― 赤い缶を蹴る

リリリリ
可愛らしくない青銅色の風鈴

路地から路地へ、家と家の隙間は昼でも暗い
ミゾに足を突っこまないよう気にしながら
逃げる隠れる
息をひそめる
夏の夕方は海も人も船も家々もほっと息をついて
長かった一日の終わりを待っている

子どもは缶けりに夢中で夕暮れに気づかない
家々の台所からもれてくる匂いにハッとする
帰らなくては。
鬼はすでに消え失せ
赤い缶だけ、ひとつ、転がっている

向かいの店はスイカや人参ばかりでなく
アイスクリームやパンを売る
夏には氷があって
ますます小さくなったバアちゃんが
立方体や直方体に切りとった美しい氷の固まりを
シワだらけの手に取り、大きくハンドルを回すたびに背伸びする
ガラスの器の中にこんもり氷の山ができる
バアちゃんは目が悪いから

５円のおつりに50円くれる
その逆もある
釣り銭は木のマスの中に入れてある

えっちゃんとさっちゃんは向かいの家に住む年下の女の子
向かいの家並は北向きだからいつでも暗い
南向きの私の家から数歩の距離で入っていくと
慣れない目には暗がりしか見えない
何して遊んだのだったか
数歩で家に帰ると「ホカに遊ぶ友だちはいないの」
ほかにいないのホカに
いない、ない、今でもときどきムネの底にコダマする

水平線はどこまでも遠い
丘に登れば丸く弧を描いて見えて
地球は丸いんだ、と呟いた
夏の気配を愛することのほかに私が愛してきたものを
指折りかぞえながら光る海を見ている
そのようにヒトを愛せなかった自分が
青い空の午後の中で
ヒトツ、フタツ、ミッツ、愛したものの数をかぞえている
もっと、うたえばよかった
もっと、あいせばよかったのか

ロケットや宇宙船の絵がいっぱいに散らばったTシャツ姿で
カンナとおしろい花の路地をすりぬけ
海を見下ろす場所で風を受けながら

忍者のつもりで、光る海に向かって
拾った夏のかけらを手裏剣にして放つ
わたしは、ナニを憎もうとしたのだろう
あるいは、ナニを愛そうとして愛せなかったのだろう

夏 ―― シーソーは青く軋み

ひとつの終わりに立ち合うときに、しずかな絶望の笑顔を持てるかどうか。そこに吹く風に、その日の空に向かってさびしく頬笑むことができるかどうか。

一九九九年七月四日ウィンブルドン。

決勝戦で、グラフは負けた。これが最後と決めたウィンブルドンの芝の女王の笑顔がさびしさを含んでいて、わたしのムネを打つ。ひとつの終わりはひとつの始まりだ、一昨日の映画「アイ・ウォント・ユー」のように。

ひとつの物語の終わりは新しい物語の始まり、と割り切らないところで、わたしは今でもぐずぐずと古い靴を脱いでいる。

打ちよせては引き、引いてはまた新しい波が寄せる浜辺のように、始まりも終わりも交差し、ぶつかり合っては違う波に消されていく。曖昧で、止まることがない。千鳥は波打際で波とたわむれているように見える。そっと足を忍ばせて近寄るのだが、いつでもさっと千鳥は逃げてしまう。足跡すら波が消していくから、わたしの前には、繰り返し寄せる波ばかりが海のコトバをこぼしている。

始まりは終わりを含み、終わりは始まりを含む。ひとつの始まりから終わりまでには、長く短く曖昧なあいだが、落ち着きの悪い様子で、海辺のシーソーのようにきしむ音を立てている。アイ・ウォント・ユー。波に向かって、しずかに、わたしの言葉がきしんでいる。

夏 ―― 白を抱きしめて

目覚めると窓から見る区切られた空が青く
白い雲がさっとハケで刷かれていて
わたしはシャッターを切るように一度
しっかり目を閉じる
わたしの中に長方形の空を焼きつける
7月　7月　7月　繰り返しながらもう一度
朝にねむる

昨夜さびしくねむったことなどウソのようだ

朝の光に揺り起こされてふたたび目覚めると
ことしはじめての夏の天使が
空を舞っている
久しぶりですね
死んでいった友だち、先生、子どもたちかもしれない
そう思ったから空に向かってほほえんだ

不足という言葉がしめった長靴のように重たくて
動けなかった日々を通り過ぎて
一瞬の喜びに輝く今日がある
あきらかに夏は不足の季節だから、その中にいると
不足のままでいるのも悪くない
過不足ないのはエライけど
過不足ないのは、退屈だ

真白いソックスをはいてスキップしてくる不足を
朝のベッドでわたしは抱きしめる
くらげのようにとらえどころのないものが
不足なのかわたしなのか
抱きしめれば抱きしめるほど
わからなくなる
まざり合う

夏は朝
天使などの二、三澄んだ空に舞うのもおかし
などとはじめても後は続かない
祝福された7月の朝があって
人々はとうに起き出し

新聞受けまでの数歩の距離を裸足でふみだす
一瞬の、わたしの夏だ

夏 —— 遠ざかる黄よ

遠のく朝を惜しむように
レモンカードをパンに塗り
オーブンに放り込む
卵の黄身とレモンの匂いがパンを焼く匂いと混ざり合い
わたしはカクンと一段
現実から落ちる

口に放り込むとレモンカードトーストは
奇妙な匂いと味がして

カクンともう一段
わたしは落ちる
手元が狂い
パン皿が床に落ちる

黄と白の格子柄の皿が破片となって床いっぱいに散らばる
明け方に見る夢のように
明滅する
真夏の木の葉に揺れる影と光によって
わたし自身が明滅（している）する記憶が
よみがえる

生まれ変わるヒカリ
生まれ変わるヤミ

生まれ変わるコトバを
求める旅のように
夏は始まり、接近し、その後
何も残さないで終わる

床の上に撒かれたような
黄色の破片、白い破片を注意深く拾い集めて
ビニール袋に入れていく
カケラを拾うのが好きだ
浜辺では貝殻ばかりでなく、角が取れて思い思いに丸くなった
透明の青と緑、白や茶色のガラスを拾ってあそぶ

カクンとまたひとつわたしは落ちて
残りのトーストをかじる

熱い朝に死んだ金魚の匂いがよみがえる
卵の黄身とレモンとハチミツが混ざり合って
焼けた匂い
遠のくのは朝ではなくて、わたし自身だ

夏はよみがえり
夏は金魚を殺し
夏は腐っていく
だからわたしは何度も喜んで
両手を広げて夏を迎え
死んだ夏に頬ずりする

遠のくのはわたしではない。アナタだ。

Ⅲ

幼友達

小さな風船で頭をポンと叩いたら
魚屋の犬は怒ってしまい
猛スピードで犬は
わたしたちを追いかけた
俊足のわたしと鈍足のノリちゃんは
慌てて逃げたが
魚屋の犬の方が速かった
ガブリッ
足を咬まれたのは

わたしだった
ノリちゃんの逃げ足は
異常に速かった

ドストエフスキーって、だれ?
小学生の本棚に並んだ罪と罰や白痴を
ぼんやり眺めながら
ダイアモンドゲームをして遊んだ
何度やってもわたしの負けだった
だってそれは仕方のないことで
ノリちゃんは頭が良かったから
それでももう一回
もう一回と負けつづけたっけ

一緒に試験勉強しようよ
ノリちゃんに誘われれば
ウンと頷いてでかけた
三十分もすれば飽きてしまい
ぼんやりしていたら
お盆にキリンレモンとお菓子を載せて
おばちゃんが入ってくる
字が上手だねえ
なんて云われると嬉しくなって
漢字を書く指に力がこもった

おばちゃんが引き上げると
おやつで元気を取り戻したわたしたちは
うたを歌った

ノリちゃんがピアノを弾いて
歌う声にわたしも合わせた
高らかに朗らかに
うたを歌えばこの世は天国
試験勉強そっちのけで

夕御飯を食べていきなさい
云われるがままに座る食卓は
洋品店につながる小さな茶の間で
痩せて気丈なおばあちゃんが
赤玉ポートワインをグラスに注いで
ぎゅっとわらった
ユウタンが来る時って
いつもカレーライスだね

ユウタンの顔を見ると
作りたくなるんだよ、きっと
ノリちゃんの言葉にみんなわらった

いつも真っ黒に日焼けして
目だけがギョロッと大きかったからね

あれもこれもみーんな
リチャード・ブローティガンを読むと
思い出すことたちだ

天のブランコ

みどりちゃんって名前だった名字は覚えていない
幼稚園でわたしはしろぐみ、みどりちゃんはみどりぐみ
きついパーマをかけたようにちりちりの髪で
だれだったか友だちと二人でブランコをこいでいた
幼稚園での当たり前の光景だ
遠くからわたしは見ていた

みどりちゃんがそっとブランコをこぐ姿が
ずっと消えないで

なにかの拍子にひょっこり顔を出す
しずかに楽しげにブランコをこいでいた
とても肌の色が白かった
小柄だった
どれもこれもはっきりとは憶えていなくて
ちりちりの髪と遠慮がちの笑顔と小さくゆれるブランコ
たぶん風はおだやかで

話しかけたことがなかった
話しかけられたこともなかったんじゃないかな
ときどき遠くから見ていただけで
からだが弱いんだって
早くもうわさ好きな級友かあるいは先生だったか
きいたような気がする

ききながら見ていたのかな
そっとブランコをゆらすみどりちゃん
からだが弱いんだ

しばらくみどりちゃんを見かけなかった
二度とみどりちゃんは幼稚園に戻らなかった

今日、ブランコとみどりちゃんを思い出した
何かが
クッと
みどりちゃんの背を押したんだ
みどりちゃんの、天のブランコ

房州

そこでわたしは倦くことなく画集を広げた
クレーとユトリロ、セザンヌ
五つ年上の叔母はビュッフェが一等好きだと
何度もわたしに言った
黄と黒が同じくらいの分量で主張していた

そこでわたしは絵画と一緒だった
壁には成熟を拒否しつづける油絵がいくつも掛かっていた
昏いロマンティシズム、光あふれる部屋に掛かる明るい闇

そこでわたしは乳児で幼児で小学生で中学生だった
叔母は子どもを生み、しばらくして結婚した

そこの二階の物干しで毛布にくるまって星を見た
猫みたいにころがって犬みたいに驚いて
星はいまにもわたしのからだに落ちてきそうで
そのうちにいくつかは流れていった
寒い時は目だけ開いてる帽子が欲しかった

そこの窓は中央から外に向かって開いた
開き具合は金具のポッチで調節をした
窓の外に海が見えたが小さい海だった
屋根と屋根の谷間に逆三角形の青があった
匂うほど海は近くだったが見える海は遠い気がした

ある日死んだ虎猫を抱きかかえて桃色の砂浜まで歩いた
硬直した身体はとても重たかったけど
動かしてはいけないような気がして耐えた
砂は掘っても掘っても元に戻った
それでも掘って埋葬した

小学校が一緒だった男の子はわたしの家の窓が
すごく好きだったと言った
（木造のこじんまりした二階家だった）
町中で一番おしゃれな家だったと言った
小学校からの帰りにいつも窓を見上げたと言った

彼の母親は五歳の時日本にきた父親は彼が幼い時に死んだ

祖母と母と五人兄弟、貧しかったと言った
生涯ハングルしか話そうとしなかった彼の祖母と
町一番の網元を築いたわたしの祖母が話した言葉を聴きたかったが
仲が良かったというどちらも今はいない

幾度もわたしは帰る
のほほんと何も知らない笑みを浮かべて
房州のとある町を歩きまわる
「ようこそ」とも「久しぶり」とも町は言わない
それが救いかも　知れない漁港に毎日朝が来て、そして暮れた

IV

やせい

そうして夏がかえってきた
なにごとも、つよくのぞむまい
あるいは、つよくのぞめない、などとおもうのは
自分で一本の草を育てることを
知らなかったせいだった

無知が罪なのは、そんな場合だった
だから私は昔から罪人で、今だって
ほんとうに一本の草を育てているのかどうか

知れたものじゃない私だが
こうして夏がかえってきた

夏がかえってきた、と呟きながら私は
砂浜に群生する浜昼顔のモモ色の電球を灯す
どこへ？私の目の奥に。とたんに私は罪から
軽くなってクルクル回り続けることができる
白い砂にまみれて

「ときどき私は自分を哀れに思いながら、歩きまわる」
チッパワ・インディアンの女性が唱った詩の
一行を、何度もくちずさみながら
私も、荒れた土地を歩きまわる
私が知る限りの自分は、哀れだった

風が吹くたびに、哀れがいちまい、またいちまい
吹き飛んでいくのを見送りながら
ときどき私は自分を忘れて、歩きまわる
潮の匂いと船のエンジン音、鉄製の機械で粉にされる氷を
いつまでも見ている

夏が、野性がかえってきた
罪は汗と一緒に流れ落ちて、海へ還ってしまう
私は少しだけ笑顔で、それらを見送るが
見送りながら、またいちまい、もういちまい
むいてもむいても終わらない野菜のようだ

えっちゃんと、カンちゃんと、ヨウ、早く死んでいった

ものたちのことだけ、夏の風に巻かれながら
考える。考えても、面影がチラつくだけで
まるで私は不正を行っているようなんだが
それでも、えっちゃん

私は何も知らない
いつから、何も知らないのだろう
「そしていつも
私は大きな風に運ばれて、大空を駆けめぐっている」
小さな詩の続きの二行を、何度もくちずさんで風に巻かれる

大きな風に運ばれて、というのはナイーブなのではない
私が書くのと、チッパワ・インディアンの野性的な女性が
そう言うのとは、同じでしかもまったく違ってしまう

いつまで、私は知らないで
いつまで、私はわからないでしかも大きな風に運ばれていくのだ？

駆けめぐるのは、夢の中で
すべてをスイッチのＯＮとＯＦＦにまかせ
失っているつもりで、どんどん食い散らかす
しかし夏がかえってきた
私はうれしさに紅葉して高揚したついでに飛び上がっただけだった

物語にならない生を、この夏にすべて広げて
天日に干すのだ　すっかり乾燥して、ぼろぼろ
はらはら、ひとときでも野にあるものとなり
こうして夏がかえってきたのだから　飛び上がったついでに
大きな風に運ばれて　舞ってみようと思うのだ

私は蝶、私はチリ、そして微塵、
巻かれて舞って、ますます粉となり
水澄まし、シオカラトンボ、緑の葉陰に
ヒトデ、ウニ、エビの潜む岩に、波寄せる砂浜の上、
私は撒かれるものとなる

物語などいらない
夏がかえってきて次第に遠ざかるのを、ただ
見守り、夏の立てる音を聴く。できる限り注意深く
カンちゃん、ヨウ、キミたちも微塵になって
この夏空から何ものか降らしつづけているか

アルプス一万尺

緑のうっそうとした小道を抜け
鏡みたいに静かな海の脇を通り
しばらく行くと
母の実家で
小さい私は、よく
叔父や叔母と一緒に過ごした
なぜなのか
思い出そうとするけど、わからない
よく歩いたさまざまな小道ばかりを思い出して

摘んだ花はレンゲだったのかシロツメクサだったのか
祖父と祖母の声がして
なんだかいとおしいような日々だけれど
釈然としないなにかが
つっかえているようで
なぜなんだろう

もう一度、うっそうとした小道を抜け
鏡の海の脇を歩き裏道を
もう一度繰り返してみたらなにかが
つかめるかもしれない
たしかに帰ったのだ
ただいまって

帰るのだけど、そこは祖父母の家で
叔父と叔母がいっぱいいて
トランプもした花札もした
美容師訓練中の叔母に
カットされたり、もじゃもじゃにパーマをかけられたり
にぎやかで
さびしくなるはずもなかった

どうして気がつくとわたしはそこにいたのだろう
粉の歯磨きの置いてある洗面所
開かなくなったりする便所
とりとめなく広い風呂場、でも風呂桶は狭くて深かった
ノミもはねるフトンを敷きつめて
アルプス一万尺のうたなどうたいながら

叔父も叔母もいっぱいいいて、並んで
わたしは誰のそばで、眠ったのだろう
ずうっと気になっているのだけれど
何が気になるのか、いつまでたってもわからない
祖父の膝の中で
祖母の声を聴きながら
そのまんま、わたし、かたちだけ
おとなになっている

夏のかけら

さらば　と言えた夏の光の数をかぞえる
さらば、と言える
夏の光は　あとどれくらいあるだろう
海へ帰ると両親が在って
そこでわたしは荷降ろしと荷揚げの作業をする
肩の荷を降ろし
別の荷物を背負うが
いつも少しだけ軽くなっている
何故だ

夏の光がじりじりとわたしをこがし
干物となったわたしの身体が、夜ごと
昔のベッドの上に転がっている
それは奇妙に美しい時間だ
果てしなく続くと思われた光が途絶える時
難破船の夜が訪れる
夜ごと、目の奥のランプに火を点して
さらば
そのひとことを言うために

夏はある夏はあった
ある夏の光だった　よ、ね
波枕を抱いて

充分に海水を含んだ干物は
夏の光にうながされると再稼動し始める
充電知らずの太陽電池
そうして起き上がると
夏の朝の中に
飛び出して行くのだ

さらば　と言った日々の数をかぞえる
零からひとつ、ふたつ
指を立ち上げていく
大切なものは必ず
失われるものだから
ひりつくこころの中にいつまでも
失われることなく　留まる

さらば
移りゆくものたちを送るためにも

意味を考える
来る夏ごとにわたしに残る痕跡
角がとれて、もとの形はわからないが
色彩ばかりが明るい貝殻は
わたしに残された意味の形だ
砂浜につけた足跡をつぎつぎと波が消していく
なんにも起こらなかったようだ
急がなければ、もっと
うなじにつけられたしるしが失せないうちに
古い荷を下ろし、束の間の休息のあと

新しい荷を積んで再び出航する
意味はあとからついてくるものだ
紫とオレンジ、赤にうす茶、ピンク
貝のかけらの裏側はどれも同じように白い
手のひらに並べた貝殻を見ている
波音はいっときも止むことなく
わたしの考えのように寄せては返す
何故、同じ形ではないのか　少しだけ軽くなっているのか

夏ごとに形を変えて
それぞれの家族が集まる海の家には
両親が在り、その家も
形を変えながら在るのだということを
気づくのでなく思うのでなく

理解することを始めるために
さらば夏の光よ風たちよ
青い空と積乱雲、時に雷雲、急な雨、稲妻も
縁の下を住家とする野良猫の母子たちにも

解体され姿を消してしまった幼年時代に
昔、暮らした木造の家
二階のフランス窓から外に目をやる時
家々の屋根の隙間に　小さく逆三角形に
日ごとに色を変える海、近くて遠い海が見える
家だった
さらば　近いことも遠いものも
一様に時のかけらだから　拾っては落とし
落としては拾わずに、束の間　見詰めている

V

夏の中にキミは溢れ

Ⅰ

だれもいない部屋。海辺の小屋で夏を過ごす。木製のテーブルはザラついて、赤い花が一輪うつむき加減で、物語の主人公のようにもの思いにふけっている。青い風青いカーテンそのどちらか、黄色の…黄色の？

つい黄色について考えたのだ。あるいは愛についてだったかも知れない。ヒトはヒトリならば愛について好きなだけ考えることができる。ついに退屈すると、ピアノのふたをあける。レの音を人差し指で一度押したあと、パタリとふたを閉じる。

ひとりきりの海辺の小屋は愛についての思索に満ちている。愛そのものでなく。部屋はその時々によって、円くなり、でこぼこになり、ピラミッドになる。ハンモックが揺れるが、眠るヒトはいない。誰もいない。

退屈に、眠りを誘う音楽を捧げる。そんな時にはマーガレットの花びらをむしり、ベッドに敷きつめる。花の寝台で、退屈がうっとりと眠りはじめる。葬送行進曲をかける。部屋の中を思い出の断片と破片が思い思いの方向に行進する。透きとおった中で発光しながら。

様々な思惑、ヒトの分だけでない。それは細胞分裂をはじめそれは増殖する。それは恐怖を思い出させる。おぼれる。親しく思っていたヒトたちの輪の中で。おぼれる夢、辛くて涙がこぼれる。目がさめる。冷たい汗にまみれて、白い花びらの散る海に。

Ⅱ

不安定な日々、目の前は海だが、窓が高いので見えるのは空だけだ。雲があったりなかったり、けれども海の騒ぐ音は一日中途切れることがない。すべての感覚にとりあえず支障がないせいで、すべての感覚に鈍くなっていく。そしてヒトツの感覚に鋭くなるほど、ヒトはこわれていくものだ。

こわれながら新しいカタチを探す。それだけが残された方法だから、ぬれながら乾きながら、とんがったり丸まったりしながら、それらパーツの配置を動かして新しく組み合わせる。もともと不定形なのだ。心配はいらない。ダレのせいにもするな。自分にしかできないのだ。

美しい夜明け、それよりも美しい夕暮れ、星々が青黒い天幕いっぱいにはりつけられる。誰の仕業かと思う。一日の変化ほど素晴らしい仕事はない。芸術家はその一部分を共有しているに違いない。なぜ、これほどに、ちっぽけな存在なのだろう。

思索には限りがある。そして限りない。何よりも美しいと感じるものに手を差し出す。むくわれる、むくわれない、そんなことにはおかまいなく。今、ここにある美しい夏の夕暮れ、夏の音、繰り返される日々が、コップの中で発泡し続ける。

Ⅲ

一二、三センチほどの巻貝
リンドバーグ夫人の書物には

ブクブクと細長く巻きながら完結するこの貝のことが書いてあるだろうか
この貝殻を手に取る者は誰しも
耳にあて、貝の音を聴こうとする
深く海の底へ沈もうと幾度か試みる

巻貝を船に見立て
小さく切り取った布で帆を張り
「船乗りクプクプ」のもうひとつの物語を
出帆させようとするが
海賊キッドに先を越されて
船はプクプク揺れながら走り去る

光が溢れどこにでもこぼれている
空が溢れ海が溢れる

ヒトは青と金の洪水に目を細める
この思いを、どこへ溢れさせようか

フランチェスコな一日

ときどき庭では
たぶんコオロギ、それとクツワムシ
揚羽蝶が浮遊するのにつられて首がワルツを踏む
聖フランチェスカです、自己紹介するが
誰も、虫も鳥もネコも寄りつかず
シンとしているしかない
草は伸び放題だから蚊だけが寄りついて
ピシャンと叩くと鳴く虫も黙る

亜熱帯の九月に
聖フランチェスコでもなく
やさしい気持を持てあまして
怒ったり泣いたり黙りこんだりするのは
単純に感動しちゃいたいからだ
手頃な値段で簡単に
3分クッキングの塩梅で
泣いて笑ってケリをつける

聖フランチェスコではありません
虫の声は音にしか聞こえませんし
鳥が肩に止まることもありません
犬との相性は極端に分かれますし
ヒトを怒らせるのにずいぶん上達しました

親しくおつきあいしていただいたのではなくて
高校のテニスコートの隣に小倉という店があって
小倉のおじさんはその頃からおじいさんでしたが
この亜熱帯の九月に
九十二歳でなくなったそうです
テニス部の練習のあと
アンドーナツと牛乳を買ってひと息ついて
おじさん、サヨナラ
駅まで電車と競争する毎日でしたっけ

アッシジの路地を
長い僧衣をなびかせて去っていくおじさんに
久しぶりのとりあえずのアデュの挨拶を送ったあとで

わたしはぐずついている
わたしは泣いていない
まだ、笑っていない

ピクニック日和

つるとかめといぬとももたろうとわたし
で、竹の葉に包んだおむすびからげて水筒もって
はたもってござかついで
ピクニックだ
死んだ息子は今では
ももたろうに成り上がって
いっぱい食べるといっぱいぶん
にはい食べるとにはいぶん
もりもり大きくなっている

さあ、ピクニックどこまで歩こう
山へ行けばおばあさんとキノコ狩り
川へ行けばおじいさんと魚捕り

ずんずん歩きにあるいて
つるかめいぬももたろう、わたし
丘に立った海が見える
かめは一目散
おいピクニックだよどこへ行く
手足頭ぜんぶひっこめて丘を転がり落ちていく
落ちれば速い、もう海だ
それから男を背に乗せて
悠悠と去っていく海の彼方へ

じっと見ていたももたろう
ハッとしていぬ連れて
「おかあさん、ぼくも大きくなりましたから、
鬼退治に行ってきます」
ひらひら

のこったのはつるとわたし
砂浜に円描いて、でも、すもうは止めようね
ふたりっきりで
「かごめかごめ」をする
波の音なみのおとにおい匂いと味
うしろの正面だあれ
ひらひら白のハンカチ
落としたのは、だれ

きょうの雨

あめがくらいあまい匂いをつれてくる
とうに八十路を超えたばあちゃんの
ハテ、と考えこむかおが浮かぶ
どちらさまでしたっけ？
ばあちゃんの娘たちは笑うように
やあねえ、ユウコじゃないのって言ってるけど
わたしは真顔でユウコだよって言った
ハテの顔のままなので、ばあちゃんの長女のミサヲの
娘のユウコだよって説明すると

ちょっとマがあって
そうだろうねえ……ばあちゃんは呟いたけど
顔はハテのままだった

あめのくらいあまい匂いをかいでたら
あの日のばあちゃんのかおがぽっと浮かんで
きょうはわたしがハテ、だった
ばあちゃんは下の息子のところで暮らしている
そのオジはフィリピン女性と再婚してたんだっけ
世の中にはめんどう見の良いヒトと悪いヒトとがいて
ばあちゃんは一ぺんも
わたしのことを思い出したりしないんだろうな
あまいくらい雨の日でも

すきとおる青い朝でも
ハテ、どちらさまでしたか

すごくよく知っているヒトから言われるのが
奇妙に心地良かったけど
どうしてだかわからない
いさぎよくてさびしい記憶を
くらいあまいあめの匂いがつれてくる

あとがき

太平洋の大波小波が打ち寄せる砂浜を歩く。あっ、浜千鳥だ。波打ち際をちょんちょんかけている姿が愛らしい。間近に見ようとして近づくと、距離を測ってでもいるかのように、いつもさっと逃げてしまう。そっとそっと近づくのに、必ずばれてしまう。なんだか、終わらない追いかけっこをしているようだ。

たぶんわたしは生まれてこのかた、ずっと、そういうのが好きなのかもしれない、と思う。永遠の追いかけっこ（地球が存続すると仮定して）だとか、おおいなる堂々巡りだとか。

収まるところにピシッと収まったら、物事は簡潔で美しいのに、どうしてもそうはいかない。うまく動けない。いまどきの大学生みたいに云えば、わたしは「ヘタレ」なのだ。ギクシャクギクシャクボーンボンッ。

房州に『和田浦』という駅がある。鴨川市の南隣、海の縁のような、あるいは、太平洋を庭に持つ小さな町だ。花卉栽培と漁業、小型捕鯨の基地でもある。わたしは、そこで生まれ育った。
小さいときから、砂浜に散らばる貝殻をよく拾ったものだ。誰だって、海に来れば同じように、色のきれいな貝殻や形の美しい貝殻を探して歩くものだ。
この町、十代まで過ごした家、そういったものがわたしに残した痕跡を、今、わたしは飽きもせずに拾いあつめる。貝殻集めと、それはほとんどかわらない。なぜ飽きないのか、わたしにもよくわからない。とても曖昧だ。ひとつだけ思いつくのは「好きなのだろう」ということだ。何がって、終わらない堂々巡りが。

今でも、夏休みには家族全員が『和田浦』に集まり、ほとんど大騒動が繰り広げられることになっている。二〇〇六年三月には、町村合併により、和田町は南房総市となる。

二〇〇五年　熊本

庄司祐子

庄司祐子（しょうじ・ゆうこ）

千葉県に生まれる
『九』同人（終刊）を経て個人誌『LARGO』発行
現住所　熊本市秋津2-3-35　〒861-2104　井上方
詩　集　『蕾の話』（私家版　1982）
　　　　『キミに日なたを』（錬金社　1987）
　　　　『救命ボート』（石風社　1993）

和田浦の夏

二〇〇五年七月二十日初版第一刷発行

著　者　庄 司 祐 子
発行者　福 元 満 治
発行所　石 風 社
福岡市中央区渡辺通2―3―24
電話〇九二（七一四）四八三八
FAX 〇九二（七二五）三四四〇

印　刷　正光印刷株式会社
製　本　篠原製本株式会社